LAS TRES TAZAS

José María Vergara y Vergara

Al Señor Ricardo Silva

Mi querido Ricardo: Te dedico estas tres tazas, llenas la una de chocolate, la otra de café y la tercera de té. Tómate la que quieras; lo dejo a tu elección; pero no creo que seas ecléctico hasta el punto de tomarte todas tres. Debes escoger una y vaciar las otras dos.

Tu paisano, AREIZIPA

(Postdate (en latín). ¡Hombre! no derrames las otras: ofrécele la una a tu esposa y la otra a Manuel Pombo). (Fecha ut supra, igualmente en latín.)

TAZA PRIMERA

SANTAFÉ

Soy coleccionador, bibliómano o anticuario; no sé cuál de las tres cosas será; pero, sea lo que fuere, le confieso con rubor, porque no se me oculta el ridículo que sigue a estos oficios serviles en nuestra tierra. Si en lugar de eso fuera revolucionario como don N... que está graduado ya de doctor en revoluciones, y que es muy bien recibido en la sociedad; o si fuera militar, profesión que imprime carácter; o agiotista, profesión que idealiza al individuo, lo confesaría en alta voz y andaría con la frente tranquila y la conciencia erguida… como dicen algunos que se retiran a la vida privada. Creo que como dicen es "con la frente erguida y la conciencia tranquila", y si yo he dicho al revés, no te afanes. Sería equivocación del cajista, que de ésas he visto yo.

Pues iba diciendo que yo soy bibliófilo o cosa parecida; y por esta razón poseo impresos en abundancia y variedad. Una de estas variedades es la de esquelas de convites a entierros y bautismos: de ofrecimiento de nuevo estado y de despedida. ¡Qué cosas he visto! Sobre cuántas boletas han caído lágrimas que se me han saltado a traición e impensadamente! "Dionisio Rodríguez y Zoila Díaz se ofrecen a usted en su nuevo estado", dice una esquela fechada en 1841. "Dionisio Rodríguez y su señora ofrecen a usted un nuevo servidor", dice otra, fechada en 1842. "Ha muerto la señora Zoila Díaz, dice otra. Su inconsolable esposo y sus huérfanos suplican a usted que asista a las exequias mañana a las once". La fecha es 1853. Estas esquelas recibidas a largos intervalos no causan sino una impresión sencilla; ¡pero unidas así en un libro! sin más distancia entre el matrimonio y la muerte que una hoja de papel, ¡y sin más tardanza que la necesaria para volver una foja! Así, amigo mío, la impresión es completa y el sabor que queda en el alma, es un sabor a asco de la vida. La vida es una canallada, es un robo cuatrero, ¡es una miseria! Esaú vendió su derecho de primer nacido por un plato de lentejas; si hubiera sido su nacimiento el que vendía debiera haberlo vendido por el plato solo: darlo como lentejas hubiera sido un despilfarro horrible.

¿Quieres que sigamos fojeando? Mira lo que sigue. Un amigo mío me convida en 1849 a comer en su tornaboda, ¡y en la foja siguiente me convida su esposa a acompañar el cadáver de mi amigo al cementerio! Yo acepté ambas cosas: brindé en el convite y lloré en el entierro. ¿Quieres que sigamos fojeando? ¡Mira lo que sigue! Es un convite para unos certámenes de niñas. Una de las sustentantes es Clementina Forero, de edad de ocho años. ¿Sabes quién era la abuela de esta niña? Zoila Díaz, a quien vi casar yo, que, según mi fe de bautismo y mis barbas negras que peino, soy joven todavía; pero que según el estudio de estas boletas soy un Matusalén detestable. Y yo mismo, ¿qué seré mañana para el que me herede estas colecciones, sino una antigualla curiosa, un ente mitológico que existió? ¿Quién hará vivir mis ideas, mis sentimientos? ¡Nadie! ¡nadie! "Un hombre al agua" gritan en un buque cuando cae por descuido un marinero. Se ve a la víctima debatiéndose con las olas, se ven sus movimientos, se oye su voz, que invoca a Dios, que nombra a su madre, a su esposa, que ofrece el oro que tiene en tierra al que lo salve. Pasa un momento; ¿qué hay sobre el mar? Nada. El buque se aleja: ¿qué deja atrás? Nada. Un hombre es nada después de que se consume. ¡Las generaciones son buques! de ellas se desprende un hombre que iba con ellas, y cae a la tumba. Las generaciones siguen: ¿qué dejan atrás? ¡Nada!

La vida, si no es más que este tutilimundi, en que pasan y repasan figurillas, no vale ni el plato vacío de Esaú. No vale nada, absolutamente nada. Cualquier negocio es a pura pérdida, mientras no haya negociantes que garanticen la perpetuidad. Lo que más humilla al hombre es la muerte; es vivir de arrendatario de la vida; es no tener nada propio. Cuando menos lo piense, viene el dueño y le pide lo que posee. Esta es una humillación por excelencia…

Dichosos los que dicen, quitando así a la muerte su humillación sin nombre: "La vida es una prueba, es un recodo del camino, es un tambo en la ruta para descansar a su sombra un momento. Nadie se va a vivir a un tambo; pues bien, la vida no ha sido nunca de cal y canto tambo. Venimos de Dios, hacemos un viaje alrededor de la tierra y nos volvemos a Dios. ¿No hay franceses que salen de París, viajan, y vuelven a los diez o doce años a París? Pues así sucede al hombre respecto de Dios". ¡Oh! esta sed de inmortalidad del hombre, si no hubiera Dios, sería un veneno delante del cual el ácido prúsico sería un caramelo pectoral y calmante. Si los volcanes rugen como rugen y braman como braman, será porque se les ha figurado que no hay Dios. Yo en pellejo de ellos, y con tal idea, no me estaría ni una hora sin un terremoto: me divertiría en matar al mundo a fuerza de estrujones.

¡Pero hay Dios! Aguantemos humildes la prueba de la vida. Padezcamos la prueba de las boletas y déjame divertir un poco la imaginación, porque allí alcanzo a ver al principio del tomo una esquela en papel florete que me sonríe. Mírala, ¡qué cuca! El papel es un florete, español de lo más florete que puede hacer el hombre, criatura nacida para hacer siempre papel. El largo de la esquela es una cuarta, medida española: el ancho, media; y el margen tiene cuatro dedos. ¿Quieres que la lea?

Doña Tadea Lozano

saluda a Ud. y le ruega que venga esta noche a tomar en ésta su casa
el refresco que ofrece en obsequio de algunos amigos.
Señor don Cristóbal de Vergara.
Santafé y mayo 13 de 1813.

He oído contar en casa que este refresco fué de lo sonado, de lo grande. Asistieron cincuenta personas de lo más escogido que había en la ciudad: Nariño, Baraya, Torres, Madrid y otros personajes por el estilo. Nariño estaba en vísperas de marchar al Sur con su valiente ejército; y la marquesa de San Jorge quería darle por despedida, lo que se llamaba entonces un refresco, es decir, una taza de chocolate.

El palacio de la marquesa, era, tú lo sabes, la misma hermosa sólida y opulenta casa que queda en la esquina de Lesmes, y en que vive hoy don Ruperto Restrepo. Era y es una casa cien veces mejor que lo que hoy se usa, estas casuchas que se vengan en altura de techos de lo que pierden en extensión de terreno; fábricas de tifos y de tristezas; copia exacta de la generación actual; casas de gran fachada y sin huertas ni jardines: con salas de veinte mil varas de alto y corrales de vara en cuadro; casas que, en lugar de aquellas andaluzas y espaciosas albercas en que corría a chorros la rica agua del Boquerón, tienen bombas que pujan y brotan por la fuerza una agua que sabe a magnesia y sédlitz. La casa de la marquesa ahí está a la vista: es cien veces mejor que las de hoy. Su dueño no debe cambiarla si no le dan doscientas casuchas de éstas que la moda levanta.

Pues en uno de sus salones fué donde se reunió la sociedad que iba a tomar un refresco la noche del 13 de mayo de 1813. Treinta caballeros y veinticinco señoras y señoritas, asistían. Era el traje de los caballeros, zapato de hebilla, media de seda, pantalón rodillero con hebilla de oro, chaleco blanco y casaca sin solapas, según la última moda, y que era llamada Bonapartina. El traje de las señoritas consistía en camisón de seda de talle muy alto y descotado, mangas corridas, falda estrecha.

La gran sala estaba colgada de tela de seda recogida en profusos pliegues. El mobiliario consistía en tres canapés con prolija obra de talla dorada, y cuyos brazos semejaban culebras que mordían una manzana. Fuera de los canapés había unas cincuenta sillas de brazos, también doradas y forradas como aquéllos, de damasco de Filipinas. Del techo colgaban tres grandes cuadros dorados en que se veían los retratos del conquistador Alonso de Olaya, fundador del marquesado; de don Beltrán de Caicedo, último marqués de San Jorge, por la rama de Caicedos; y de don Jorge de Lozano, poseedor del marquesado en 1813.

El refresco tuvo lugar a las ocho de la noche, en el vasto comedor. La mesa, cubierta con un mantel de alemanisco de resplandeciente blancura, soportaba el enorme peso de los platos de colaciones, las botellas de aloja y los botellones de vino español. Sobre las servilletas dobladas reposaban grandes platos: entre éstos había platos pequeños; y entre los pequeños había pozuelos en que hacía visos azules y dorados la espuma de un chocolate que estaba guardado en pastillas hacía ocho años, en grandes arcones de cedro. El cacao había venido desde Cúcuta, y para molerlo se habían observado todas las reglas del arte, tan descuidadas hoy por nuestras cocineras. Se había mezclado a la masa del cacao canela aromática, y se había humedecido con vino. En seguida cada pastilla había sido envuelta en papel, para entrar en el arcón en que iba a reposar ocho años. Para hacer el chocolate no se habían olvidado tampoco las prescripciones de los sabios. E1 agua había hervido una vez cuando se le echaba la pastilla; y después de esto se le dejaba hervir otras dos, dejando que la pastilla se desbaratara suavemente. E1 molinillo no servía para desbaratar la respetable pastilla a porrazos como lo hacen hoy innobles cocineras; no, en aquella edad de oro el molinillo no servía sino para batir el chocolate después de un tercer hervor, y combinando científicamente sus generosas partículas, hacerle producir esa espuma que hacía visos de oro y azul, que ya no se ve sino en las casas de una que otra familia que se estima. Preparado así el chocolate, exhala un perfume…¡un perfume…! ¡Musa de Grecia, la de las ingeniosas ficciones, házme el favor de decirme cómo diablos se pudiera hacer llegar a las narices de mis actuales conciudadanos el perfume de aquel chocolate colonial ! Esto en cuanto al olfato; ¡pero en cuanto al sabor…! Es de advertir que la regla usada entonces por aquellas venerables cocineras, era la de echar dos pastillas por jícara, y ninguna de aquellas sabias cocineras, se equivocaba. Si los convidados eran diez, se echaban veinte pastillas. Hoy… ¡llanto cuesta el decirlo! ¡quis talia fando temperet a lacrymis! Hoy… hay cocineras que echan a pastilla por barba. ¿Qué digo? ¡Hay casas en que con una pastilla despachan tres víctimas!

Pero el sabor de aquel chocolate era igual a su perfume; la cucharilla de plata entraba en el blando seno de la jícara con dificultad. No se hacían buches de chocolate como ahora, no; ni se tomaba de prisa, ni con los ojos abiertos y el espíritu cerrado. Cada prócer de aquéllos cerraba un poquillo los ojos, al poner la cucharita de plata llena de chocolate en la lengua: le paladeaba, le tragaba con majestad; y don Camilo de Torres dijo al gran Nariño al acabar de vaciar su jícara: digitus Dei erat hic.

—Bene dixisti, contestó el presidente de Cundinamarca, depositando respetuosamente su pocillo sobre el plato. Es sabido que Torres y Nariño eran hombres de muchísimo talento.

Con tales jícaras de chocolate fué que se llevó a cabo nuestra gloriosa emancipación política. Si hubiera sido el té su bebida favorita, el acta del 20 de julio de 1810 no hubiera tenido más firmas que la del Virrey Amar, que nunca quiso firmarla.

Olvidaba decir que la vajilla en que se sirvió aquel chocolate de que vengo hablando, era toda de plata de martillo y que no era prestada.

En el fondo de cada plato estaba grabado el blasón de aquella ilustre casa con el nombre de "Marqués de San Jorge", que diez años más tarde había de cambiar su dueño por el título de "Say Bogotá", haciendo así de sus blasones un bodoque y tirándoselos a la cara a Fernando VII al través de esos mares, que recorrieron sus altivos antepasados armados de todas sus armas.

El aristocrático refresco había terminado. Los agraciados volvieron al salón precedidos por el gran Nariño que daba el brazo a la marquesa de San Jorge.

Apenas llegaron al salón rompió la música de cuerda que estaba prevenida, con una alegre contradanza que hizo saltar de alegría a todos los que la escuchaban. Puso la contradanza el elegante Madrid con la hermosa doña Genoveva Ricaurte. Las figuras fueron paseo, cadena y triunfo, en la primera parte; y en la segunda alas cruzadas, paso de Venus y ruedas combinadas. Tras de la contradanza se bailaron un capitusé, un zorongo, un ondú y dos cañas.

Eran las doce de la noche, dadas en el gran reloj de cuco que sonaba en la recámara, y los convidados se prepararon para retirarse. Los hombres pidieron a sus pajes sus ricas capas de paño de grana, su espada y su sombrero de castor: las mujeres pidieron a los caballeros sus mantos y sus pastoras, y salieron precedidos de sus lacayos que llevaban grandes faroles para alumbrar las calles solitarias por donde se retiraban los elegantes tertulianos.

Cuatro años después todos los hombres de aquella tertulia, menos dos, habían sido fusilados: todas las mujeres, menos tres, habían sido desterradas.

Morillo hizo su cosecha de sangre. Pasó aquella tempestad y vino Bolívar. Con Bolívar vinieron los ingleses de la legión británica, y con ellos, ¡cosa triste! el uso del café, que vino a suplir la taza de chocolate.

SANTAFÉ DE BOGOTÁ

"Juan de las Viñas saluda a usted y le ruega que concurra
esta noche a su casa a tomar una taza de café"

Esta boleta, en papel azul, de carta, con una viñeta que representa
un amor dormido, tiene, como lo ves, la fecha 1848. La impresión es
de Cualla: los tipos no dejan duda.

El café me era conocido como un remedio excelente, feo como todo
remedio; mas no lo conocía bajo la faz de bebida tan deliciosa que
mereciese un convite. En un jueves santo, día de ayuno y de
abstinencia, había solido tomar una tacita de café; y en una que otra
indisposición de estómago, se me había propinado una tacita de
agua en que se habían hervido tres granos de café. Me parecía que
aquella solución de calamaco, que aquella agua de cúbica, que aquel
cocimiento de filaila no se podía prestar a gran cosa para los
placeres de la amistad y de la reunión. No comprendía, cómo mi
amigo el señor de las Viñas y sus convidados, mozos de excelente
humor y mejor salud, que de seguro no habían ayunado ese día, ni
se habían abstenido de carnes, fueran a gastar una noche tomando
café. Mi estómago sollozaba con la idea de renunciar esa noche a mi
chocolate de media canela, aromático y alimenticio; pero mi espíritu
novelero se exaltaba con la idea siempre mágica de ir a penetrar lo
desconocido. El chocolate era para mí un amigo de infancia; pero me
halagaba la idea de ir a conocer aquel extranjero a la moda. ¡Perra
naturaleza humana! ¿Qué necesidad tenía yo de nuevas amistades?

Sea como fuere, yo no renuncié al convite. A las siete de la noche me
dirigí a la casa de Viñas, armado de punta en blanco. El traje de
baile que se usaba en aquel tiempo, y era el que yo llevaba, consistía
en zapato sin tacón, pantalón con ancha trabilla, lleno de pliegues en
la cintura y sumamente angosto en su parte inferior. Presencié una
vez el caso de que un dandy tuviera que colgar sus pantalones sobre
una viga, y meterse en ellos para que el peso del cuerpo hiciera
entrar las piernas en aquellos tarros. El chaleco era de seda y tenía
enormes solapas. La casaca de paño negro era tan angosta y
puntiaguda que cuando el caballero se inclinaba para ponerse a los

pies de una dama, la falda se levantaba recta y formaba un ángulo de setenta y un grados con las piernas del héroe. La corbata era muy ancha y se echaba con doble vuelta, y los cuellos de la camisa, muy anchos también, volteaban, dando a las caras un aire de candor que engañó a muchos y a muchas. No hay que fiarse en el candor de las caras que tienen cuellos volteados, ni en la gravedad que ostentan las que usan cuellos parados: uno y otra son engañosos y falaces.

La sala del señor y la señora Viñas era de una sencillez patriarcal. Las blancas paredes no tenían más adorno que el que le ponen a los difuntos cuando su inconsolable viuda, sus afligidos huérfanos y sus inconsolables amigos les dicen: quede usted con Dios. Ya se entiende que hablo de la cal.

La cal, triste presente
Que el hombre rinde al hombre,
Como un lauro postrer que da a su frente.
De esto nadie se asombre.
Que al decir los poetas lloradores:
"Yo regaré de flores,
Dulce amigo, tus restos adorados
Entre la negra y triste sepultura,
Usan de una figura
Retórica, de un tipo así tal cual:
Lo que riegan no es flores sino cal.

Sobre la blanca cal de las paredes (que el papel no era de lo más común en esa época) había láminas que nada tenían de homogéneas: eran San José al óleo, obra de Figueroa; un cuadro que representaba la muerte de Napoleón y dos láminas en cristal: la una figuraba a Cleopatra escondiéndose en el seno un lagarto y la otra a Matilde cerrándose un ojo con un dedo para indicar que lloraba a Malek Adel. ¡Pobre Malek Adel! ¡Cuánto lloré por tu suerte entonces, que me creía yo tan rico de lágrimas! Y cuando llegó la hora de llorar sobre mi mismo, no encontré ni una en mis ojos: todas habían caído sobre tu sepulcro, sobre Corina, sobre Atala y otros personajes que no eran de mi parroquial. ¡Las cosas que uno hace de muchacho! ¡Y el interés que se toma por Óscar y Amanda, Numa Pompilio y otros sin generales! Pero, a decir verdad, esta sensibilidad no está por demás: ello se debe a que uno debe aprender la historia romana y la griega al dedillo y obtener una calificación de "sobresaliente con aclamación", como la obtuve yo en un certamen en que recité de pe a pa todas las guerras púnicas. ¡Qué tal si entonces me examinan en la historia de mi misma patria, que nunca me enseñaron en la universidad! Indudablemente me habrían calificado réprobo sobresaliente, porque hasta hace poco fué que supe que habían existido un tal Gonzalo Jiménez de Quesada y otros varones. Esto lo supe mucho después que aprendí a tomar café. Y a propósito del café, me había olvidado de que estaba describiendo una sala.

Los canapés forrados en zaraza, los taburetes de vaqueta, las mesas pintadas de mala mano, todo indicaba una medianía de esas que se llaman con el adjetivo decentes. Para mi no hay ni puede haber medianía que no sea indecorosa. Un lujo había en la sala, y eso no pertenecía al amigo Viñas: las parejas. Veinte muchachas que ni bajaban de los diez y ocho ni pasaban de los veinticuatro años: veinte muchachas rollizas, de caras ovaladas llenas de hoyuelos, de mejillas pintadas por la salud y la juventud, de ojos pícaros pero inocentes, amorosos pero señoriles, de bocas frescas que se perecían por hablar, pero que callaban modestas; de cuerpos rollizos vestidos con humildes camisones de zaraza, y sin más adornos en las cabezas que dos trenzas de abundante pelo; veinte doncellas listas para ser buenas esposas y buenas madres; con ausencia total de lectura de novelas de Dumas y de romanticismo y de jaranas; tales eran las parejas con que se puso una contradanza que hizo estremecer la tierra en sus ejes, y se bailaron unos sendos valses que hicieron estremecer los ejes entre sus bocines.

Las parejas hombres, o sean parejos, eran de lo más disparejo que puede darse en vestidos y en figuras. Unos gastábamos casaca; pero yo vi a uno que bailó con chaqueta. Era una tertulia casera. La contradanza, gloria de nuestros padres y gloria nuestra, de que se han privado nuestros hijos por. . . pepitos, era y es (si se vuelve a bailar) el más decoroso y galante, el más vistoso y caballeresco de todos los bailes. Cuando la pareja que iba poniendo la contradanza llegaba al fin de la hilera, era de verse aquel concertado desorden, aquella sistemática anarquía, aquel arreglado movimiento con que se movían cuarenta personas ejecutando a un tiempo las vistosas figuras. Y si la contradanza era obligada, es decir, compuesta de figuras muy difíciles, había un momento, aquel en que se ejecutaba el paso más obligado, en que hasta el espectador gozaba como no han soñado gozar estos pepitos que corcovean hoy en las alfombradas salas. E1 registro de los clarinetes despertaba los corazones: el redoble en la tambora los hacía saltar, y al romper la música con la primera parte de la contradanza, los hacía hablar. Sí, señor, como usted lo oye; los corazones hablaban, que yo los oí. ¡A sacar parejas! gritaban los más alegres, y todos nos precipitábamos a sacar la que estaba comprometida. Puestos en hilera, el afortunado mortal a quien tocaba poner la contradanza aguardaba a que la música tocase la primera parte para romper el baile, y mientras tanto decía algunas palabras a su compañera, que bien gratas habían de ser, puesto que la veíamos remilgarse bajando los párpados sobre sus alegres ojos. El que estaba de segunda pareja aguardaba con los dedos pulgares metidos entre el chaleco, y haciendo abanico con la mano abierta; y otros de los que habían quedado más abajo divertían su impaciencia llevando con los pies el compás de la retumbante música de viento, que aquella noche era de vendaval.

Unas dos contradanzas y unos tres valses redondos se habrían bailado cuando en un interregno se apareció en la sala mi amigo el de las Viñas, y con su misma cara de alma de cántaro que conservó hasta la muerte, adornada en ese momento con sonrisa de gala, dijo en voz alta: ¡Zeñores, vamoz a tomar café!

E1 golpe estaba dado, la situación era dramática. Por pronunciar dos zetas y la palabra café había gastado Viñas cincuenta pesos redondos. Nos lanzamos a tomar los brazos de las hermosas convidadas, y nos dirigimos al comedor. Viñas nos precedía llevando del brazo a su esposa, Magdalena Parra, que ya es muerta. Un manojo de plumas se necesitarían para describir aquel comedor, acostumbrado a ser teatro de juntas pacíficas, y que esa noche iba a servir de campo de batalla; ¡qué digo, servir! que había servido ya en los aprestos del refresco, pues se había removido este mundo y el otro para ponerlo decente. Un baño de tierra blanca había enlucido las paredes. Donde la pared por su altura estaba incólume, corriente; pero cómo habría sentado la blanca tierra en la zona húmeda, es decir, en dos varas de altura, donde el verde de la humedad atropellaba las fórmulas, saltando a la cara como un cigarrón. ¿Cómo habría quedado en todos los puntos en que se habría hecho hoyo por las puntas de las mesas, por los palitroques de los taburetes, por los saltos del perro Medoro a coger la pelota que lanzaban los chicos, saltos que habían dejado en la pared una especie de pentagramas curvilíneos formados por sus garras? La mesa en que comía todos los días el señor de las Viñas, rodeado de sus hijos como una viña de sus vástagos, era a propósito para aquella parra y aquellas viñas, pero insuficiente para los convidados, y se había tomado el partido de agregarle varias mesitas. Las que eran muy bajas se habían alzado sobre ladrillos, y aunque tambaleaban como Edda delante de su amado, éste no era mucho inconveniente; pero las que habían quedado altas tenían la ventaja de la solidez en cambio de la abominable joroba que imprimían al mantel. Viñas me consultó sobre esta abominación un poco antes de llamar a los convidados; y yo, viendo que no había remedio en lo humano, le dije: el mar es lo más plano que se conoce, y sin embargo, se desnivela cuando se agita, y así es más solemne. Viñas quedó tranquilo con esta explicación. Había taburetes de todas formas, platos de todos colores, gente de todas clases y niños de todas edades; porque las señoritas convidadas habían ido con sus padres, éstos con sus hijos chiquitos, y éstos últimos con todas las criadas de la casa. Los convidados eran cuarenta y los asistentes cuarenta mil. Nos sentamos, sí; aunque me pese el decirlo, nos sentamos cuarenta personas en treinta taburetes. E1 cómo, se ignora y se ignorará siempre. Magdalena Parra de Viñas, que no se sentaba hacía tres días, bien hubiera querido sentarse, aunque no fuera sino para poder llorar con descanso; pero, ¡qué sentarse en aquella Babilonia! E1 refresco empezó por ajiaco, el modesto, el irreemplazable ajiaco, que si figurara en algún lenguaje debería tener por significado: mérito sólido. Tras del ajiaco siguieron unos hermosos pollos asados, dignos de un príncipe convaleciente. Tras de los pollos hubo vinos: vino tinto, vino dulce y vino de consagrar. Tomamos más de lo justo, aunque no tomamos con injusticia: nos alegramos y nos enternecimos. En esta delicada situación de ánimo se oyó en la cercana cocina un ruido de molinillos, y acto continuo entraron tres criadas bien vestidas, trayendo en tres grandes azafates pastusos, muchos pozuelos blancos llenos de café.

Fué el segundo momento solemne. Todos mirábamos con curiosidad aquel licor negro y espeso que venía entre sus sepulcros blancos, como las almas de los fariseos. Nos pusieron por delante a cada convidado nuestro pocillo de café hervido y batido, y cada uno dio el primer sorbo. ¡Oh Silva! ¡oh Silva! ¡qué sorbo! ¡qué sorbo!

Si este artículo llevara números romanos, qué bien divididas quedarían las situaciones dramáticas. Figúrate los números: Antes de "Juan de las Viñas" un I. Después del "zeñores, vamoz a tomar café", el II; y tras de los "pozuelos blancos llenos de café", el III. E1 drama estaría hecho; no faltaría sino ponerle un nombre bien romántico, como el Confíteor, o Angel del crimen, o El puñal santo, o Una borrasca en las uñas, o La segunda foja de un libro, o cualquiera otra cosa romántica, significativa y sonora. Todavía le faltaría algo: ponerlo en verso, y esto no sería muy difícil; por ejemplo, este dialoguito:

¿No os parece, el de Cardona,
Que el caté está muy cargado?
— Está requetecargado
Y hace daño a mi persona.
— Que le falta azúcar creo,
¿No os lo parece, Cardona ?
— No lo nota mi persona,
Más sí lo creo de recreo.

Cuando el consolante es así, muy rebuscado y poco vulgar, sería algo más difícil; pero echando mano de consonantes más socorridos se andaría muy aprisa.
Pero sigamos con el café.

Apurado el primer sorbo, apartamos respetuosamente el pocillo, y yo volví la cara, para escupir con maña y sin que nadie notara, el puñado de afrecho que me había quedado en las fauces; pero no pude hacer este acto de policía, porque mi vecino iba a hacer lo mismo, y ambos nos recatamos para ocultar el secreto; es decir, cada uno tragó lo mejor que pudo, y otro tanto sucedía a cada convidado. Pasado el primer momento, hablamos todos para engañarnos. Juliana, la señorita que estaba a mi derecha, y que pretendía tener un gusto muy delicado y estar siempre a la moda, quiso hacerme creer que aquella bebida que tomaba por primera vez, no le era extraña. ¡Me gusta tanto el café! decía haciendo gestos de horror. Clotilde, que estaba un punto más adelante, decía también: ¡Es tanto lo que me gusta el café! Pero no puedo tomarlo sin que se me resientan los nervios.

Yo estaba excitado por el vino de consagrar que había tomado, y no pude contenerme:
—Juan de las Viñas, dije en voz alta, ¿cuánto te abonan por útiles de escritorio en tu oficina?
—Poca cosa, contestó con sorpresa el interpelado; ocho pesos al año; pero ¿por qué me lo preguntas?
—Porque no puedo explicarme el despilfarro que haces de tinta, hombre.
—¿Qué quieres decir?
—Que nos has dado tinta de uvilla con tártaro en este impúdico brebaje que acabas de propinarnos.
—Caballero, me parece que. . .
—Que me debes dar chocolate. Ahora no soy caballero, no soy sino un hombre herido en lo más caro que tiene, en su guargüero; soy un león enfurecido; y si no me das chocolate, te despedazo aquí en presencia de tu tierna esposa y de tus tiernos hijos.
—Eres un hombre sin civilizar, un bárbaro, un indio bravo. No sabes tomar café, la bebida de moda.
—¡Cómo! ¿Me llamas indio bravo después de tomar café batido, servido con queso y retoritas? Te despedazo.
—Caballero, mire usted en qué casa está, dijo Magdalena Parra de Viñas.
—Mi señora, estoy en una casa donde se bate el café: pido chocolate.
—Sí, ¡chocolate! ¡chocolate! clamaron todos los hombres, insolentes por el vino, e incitados por mi mala crianza.

La escena se convirtió rápidamente en una escena de confianza. Todos se reían, todos gritaban, Juan de las Viñas me pidió una satisfacción.—Como quieras, le contesté. Estoy dispuesto no sólo a satisfacerte, sino a probarte que el café ha sido hecho en chorote. . . Viñas estaba un poco serio; pero otro de los conmilitones propuso: bauticémoslo con café y pongámosle otro nombre.

Por no recibir el café en la crisma y también porque vio que todo el pueblo estaba contra él, se echó a reír al fin, y dijo subiéndose sobre un cajón, y tomando el pocillo de chocolate que estaba apurando su inocente esposa. ¡Pido la palabra!—La tiene Viñas, con tal que no hable de café, contestó el insolente.

—Señores, dijo sin zeta ninguna y en el más puro castellano el buen Viñas, que había estado a la moda, durante un momento, y que por un accidente volvía a su lenguaje, a su tono y a su felicidad habitual: señores, propongo un brindis con chocolate contra el café.
—¡Bravo, bravo! ¡Bien! ¡Magnífico! ¡Admirable! ¡Hurra! ¡Hucha perro! gritamos todos enternecidos, sorprendidos, vencidos, conmovidos, mientras que Viñas aguardaba parado, encajonado, encantado, admirado, ruborizado.

Y en nuestra feroz alegría palmoteábamos, y bajábamos a Viñas de su cajón en nuestros brazos, y lo estrechábamos, y llorábamos sobre su faz. Hubo alguno que, no pudiendo moderar su entusiasmo, le hacía tambora en la cabeza.

Viñas quedó resarcido de sobra con aquel triunfo oratorio y aquella ovación fraternal, del fracaso de su café.

Tomamos buen chocolate improvisado y nos fuimos a la sala para que vinieran a cenar los músicos. La mitad de los hombres se volvió con ellos, y la otra mitad se dividió por mitades: una que se quedó en la sala, y la otra que se vino con los músicos. De la mitad que quedó en la sala, una mitad se apareció a pocos momentos en el comedor. Comimos más, bebimos más, y fumamos con un furor homérico. A los músicos los cuidamos con un furor intermitente: los hacíamos tomar ajiaco después del dulce, o interrumpir una jícara de chocolate, para contestar a un brindis con vino seco. Les alcanzábamos cigarro encendido cuando empezaban a tomar frito, y les hacíamos tomar agua después de tomar aguardiente. Concluyeron al fin, volvieron sumamente complacidos a tomar sus instrumentos musicales y tocaron con una fuerza descomunal durante dos horas seguidas. A las tres de la mañana gritábamos durante el baile: ¡oído! ¡viva mi pareja! ¡viva el buen humor! ¡viva quien baila! Los peinados de las mujeres, que se mantenían modestas y tolerantes, era lo único descompuesto que había en ellas, porque cada media cadena obligada les hacía una borrasca sobre el cráneo, al revés de lo que dice Víctor Hugo.

Hubo un momento sublime de reposo y de respetuoso silencio, durante el cual acezamos. Habíamos bailado tres horas seguidas sin intermisión, y era la una y media de la mañana. Dejar acabar el baile hubiera sido delito: prolongar el interregno, atrocidad; seguir bailando, suicidio. ¿Qué hizo el buen de Viñas? Fue e inventó una cosa que no estaba en el programa de la fiesta; sacó una guitarra, mudo testigo de sus ex-amores con su esposa cuando ésta no lo era aún, y propuso a Juliana que cantara.

¡Pero si yo no canto! exclamaba aquella adoradora del café.

—¡Cómo no ha de cantar! le decíamos todos; y sin más razón que ésta, y una vaga sospecha que circuló a ese tiempo de que efectivamente cultivaba aquel arte encantador, le dejamos la guitarra en el regazo. Media hora se pasó en templarla, y en registrarla, al cabo de la cual tosió disimuladamente y empezó en voz baja, algo acatarrada, aquella canción que entonces era de moda:

Hermosa, ven, y sulcaremos juntos
El mar inmenso de la triste vida.
Hermosa, ven, y mi fatal herida
Ciérrala ya por el eterno Dios.
Tin, pin, tin, pin, pin, pin, pin.
¡Ciérrala yaaaaay, por el eterno Dioooos !
La, ra, la, ra, la, ra, la,
Hermosa, ven, y sulcaremos juntos . . .

Iba a repetir la romántica cantora todo el convite a navegar; iba ya a llegar a la curación de la herida, cuando al hacer un trino en la voz y un arpegio en la guitarra, ¡pao! hizo la prima, reventada en el quinto traste. La pobre prima, adelgazada durante los amores de Viñas con su Parra, no pudo empezar con salud la segunda época de sus glorias. ¡Ay, qué difícil es que una prima alcance para dos amores! Dicen que las primas limeñas resisten hasta cuatro; pero las nuestras quedan exhaustas en el primero. No habiendo otra prima a mano, fué menester renunciar al placer de oír por tercera vez el convite a "sulcar" juntos, y pasamos a otra cosa.

Esa otra cosa no podía ser sino volver a bailar, y lo hicimos con gozo hasta las cuatro de la mañana, en que empezamos a despertar a los chiquitos que dormían en los canapés, a rebullir a las criadas que dormían en el corredor para que encendieran las linternas, y a buscar los pañolones perdidos o confundidos.

Las madres se cobijaron la cabeza con el pañolón y se pusieron los sombreros amarrándose el barboquejo. Las señoritas buscaron los brazos de sus galanes, y salimos bien arropados todos a la fría atmósfera de la calle, cantando a voz en cuello los hombres:

Hermosa, ven, y sulcaremos juntos.

Hoy son huérfanos de padre y madre los hijos de Viñas; de aquellas hermosas jóvenes con quienes tomé o iba tomando una taza de café, once han muerto; una (Juliana) está hace años loca; tres son ricas y felices; seis piden limosna vergonzante; dos son monjas y están expatriadas.

¡Triste campo es el de los recuerdos! Cada vez que entra uno entre su triste memoria, se espanta de ver tantas lápidas. Aquí yace… aquí yace… es lo que va leyendo. Como en el cementerio, no se mide un paso sin que uno vea la boca de una bóveda.

TAZA TERCERA

BOGOTÁ

¡Todo ha variado! decía yo no hace muchos días, reclinado de codos sobre mi mesa, y teniendo por delante una esquela de convite. Amigos, costumbres, esquelas, alimentos; ¡todo ha variado! ¡Qué triste es quedarse uno poco a poco atrás! ¡Qué triste y qué desolador es encontrarse uno de extranjero en su patria!

Tales reflexiones las hacía yo sobre un cuadro de papel porcelana, duro como los corazones de hoy, frío como las almas de hoy, inmaculado como los corazones de antes, que decía así en lindísimos y pequeñísimos tipos:

Los marqueses de Gacharná hacen sus cumplimientos a José María Vergara, caballero, y le avisan que el 30 del mes entrante, siendo el cumpleaños de señora la marquesa, se hará música en el hogar y se tomará el té en familia.

(Traje de etiqueta.)

¿Qué demonios es esto? repetía yo, aludiendo a un estribillo de bambuco, y llorando sobre mí y sobre mi patria: ¿qué demonios es esto? Yo que he jurado no salir de Bogotá y morir aquí encerrado entre las retrógradas costumbres de mis cariñosos amigos, ¿cómo me encuentro de repente trasladado a un puerto de mar?

¿Quiénes son estos marqueses? ¿Qué idioma es éste? ¿Por qué hacen música? ¿Por qué toman el té en familia y no en taza? Y sobre todo, ¿por qué toman el té en lugar de tomar agua de borraja, que era de sudorífico que enantes se usaba? Y gabán (en lugar de decir otra vez y sobretodo) ¿por qué sudan o quieren sudar?

¡Ay, mi Bogotá! ¿Dónde estás, arrabal de mis entrañas? ¿Quién me diera que en vez de este té fuera un chocolate en casa de Samper, con asistencia de Carrasquilla, Marroquín, Quijano, Valenzuela, Pombo, Guarín, Salvador Camacho y otros que no sudan?

Y esta lista la hacía yo por buscar algunos de esos nombres entre la lista de convidados que me acompañaban los marqueses, seguramente para que viera yo con quién tenía que habérmelas, pues no había de ser para que escogiera, como quien escoge plato en la carta de un hotel. Los convidados eran:

Señor el Duque de la Peniere, correo de gabinete de S. M. el Emperador Napoleón.
Señor el barón Planagenet Dikswhy, cónsul de Inglaterra.
Señor el general Patricio Can de Lero.
Señor Béndix Matallana, artista.
Señor A. Bedghilmnpqrst, dilitantti alemán.

¡Todos son por el estilo, Dios eterno! exclamaba yo cuando, después de veinte nombres más entre los que había algunos de mujeres, divisé éste:

Señor Casimiro de la Vigne, caballero.
—¡Un paisano! grité alborozado.

Mis lectores no saben quién es Casimiro de la Vigne; pero si recuerdan mi artículo de la taza de café, recordarán igualmente al hijo mayor de Juan de las Viñas que se llamaba Casimiro. En 1848, época en que empezamos a tomar café, era niño de ocho años; en 1865, en qué pasaba la escena de la taza de té, tenía veinticinco. Cuando él tenía ocho y yo veinte, él era un niño y yo un joven y él me llamaba de usted y señor don.

Ahora que él tiene veinticinco y yo treinta y siete, ambos somos jóvenes y el me trata de tú y me llama José María a secas, como conviene entre personas de una misma edad. La edad, pues, nos ha apartado y nos ha juntado: esos doce años de diferencia que le llevo se acortan o se alargan. Hoy somos iguales; pero volverá otra época en que vuelvan a aparecer los doce años en cuestión; cuando él tenga cincuenta y yo sesenta y dos, él será apenas un hombre maduro y yo un viejo achacoso. Quién sabe si entonces vuelva a llamarme señor y don y a tratarme de usted. Pero como ahora somos de la misma edad, al encontrar su nombre sentí grande alborozo; iba a tener un compañero, y por eso grité ¡un paisano! Falta explicar por qué siendo hijo del señor de las Viñas, se llama de la Vigne. En el colegio, en que se ponen apodos todos los muchachos, apodos que a veces se inmortalizan, Casimiro, que no tenía ninguno, entró a la clase de francés. Los muchachos que aprendían entonces el bonjour, traducían al francés todo lo que encontraban por delante: tradujeron al catedrático, al pasante y se tradujeron así mismos.

E1 doctor Herrera Espada se convirtió en Mr. La Forgue de l'Espée; el pasante, Mateo Castillo, se transfiguró en Mathieu Chateau, y andando el tiempo vino a quedar con el nombre de Chato, como corruptela de Chateau; y Chato Castillo se llama y se llamará hasta el día del juicio, a pesar de que tiene unas narices descomunales. Casimiro Viñas fue llamado Casimiro de la Vigne, y como no tenía antes sobrenombre alguno, le quedó éste para saecula saeculorum. E1 mozo era de talento y se hizo el bobo; se estuvo un semestre enfadándose cada vez que le quitaban su ridículo apellido y le daban su elegante apodo. Los otros muchachos por llevarle la contraria no le llamaban sino de la Vigne. Al fín del semestre fingió el bribón de Casimiro que aceptaba el apodo por darles gusto, y comenzó a firmar con él. Hé aquí cómo logró bautizarse a su gusto. Provisto de aquel apellido, de una buena figura y de un carácter simpático, ha penetrado en todos los salones de lo que se llama entre nosotros alta sociedad y que no es alta de ninguna manera. Por estos motivos, su nombre estaba inscrito en la carta de los marqueses, y por eso iba yo a tener un amigo, un paisano, en aquella tierra de moros.

E1 marqués de Gacharná es un francesito, natural de Sutamerchán. De edad de veintiún años, logró ir a París; vivió en un quinto piso, devorando escaseces dos años mortales; volvió a Bogotá, donde se casó con una inglesa nacida en el barrio de Santa Bárbara, y que tenía su dote consistente en dos casas que le dejó su padre ñor Juan de Dios Almanza. Ella era vana y él vano; ella amaba lo extranjero, y él se perecía por lo europeo: ella era flaca y él flaco; ella tenía dos casas y él no tenía ninguna; pero en cambio él había hecho un viaje a París y ella no había salido de la calle del Rodadero.

Ella se estremeció de amor cuando Miguel le presentó su primer homenaje en francés, y él se turbó de gozo cuando ella le tendió en respuesta, su mano, que por lo blanca, lo flaca y lo transparente, parecía un pisapapeles de pasta de arroz. Una vez casados, fue vendida una de las casas, y con su valor abrió Miguel un hermoso almacén de ropas, introduciendo en el comercio el nombre de Gacharná and Company, y a las pocas vueltas fue introductor por mayor con buen crédito. Se pasaron a la otra casa y empezaron una vida a lo extranjero. No recibían a nadie, porque así no se vulgarizaban; porque así podían romper con algunos parientes y antiguos amigos, cuya sociedad muy cordial no les convenía; y últimamente porque así podían vivir con suma economía, padeciendo hambres para poder ahorrar; y cuando a fuerza de privaciones habían ahorrado trescientos pesos, daban un té, o una soirée, no convidando sino muy pocas personas de lo más extranjero que les era posible, y uno que otro nacional que les sirviera de intérprete. Siendo tan raras las soirées que daban, y siendo tan refinada su elegancia, todos deseaban concurrir a aquella casa que no se abría sino tres veces al año; por este motivo sus convites eran recibidos con gratitud. Tal sistema de vida, además de hacerlos felices, influía notablemente en los negocios. Cuando uno entra en el almacén de un paisano que habla y ríe, a buscar camisas y el paisano lo recibe cordialmente, se siente uno irritado y muy dispuesto a pedir rebaja. Encuentra uno allí camisas de lino a cuatro pesos, ofrece a dos, rebajan a tres, y se sale el comprador indignado. Pregunte en el vasto y solitario almacén de Gacharná and Company: ¿tiene usted camisas? Un hombre pequeño y muy flaco provisto de unas patillas cuyas puntas se le enredan en las rodillas, arropado con un enorme gabán de paño color de cobija, se desprende de su escritorio y llega al mostrador, con un lapicero de oro en la mano. Se hace repetir la pregunta de si hay camisas: se dirige sin contestar el saludo a un estante y baja una caja de camisas de algodón.

—¿A cómo?
—A seis pesos chemise.
—¿No da menos?
El señor Gacharná se encoge de hombros, vuelve a cerrar la caja y se dirige a su escritorio.
Aguarde usted: las tomo. El señor Gacharná tira la caja sobre el mostrador.
—¿Cuántas tiene esta caja?
—Una media docena.
—Tome usted la plata.

—No admito sino moneda fuerte.

—Pero, señor, estas pesetas son de 0,900…

—Moneda fuerte.

—Pues si no le gustan, tome usted oro, dite el comprador, abriendo otro bolsillo del portamoneda.

Mr. de Gacharná cuenta dos cóndores y medio, y tres fuertes; para el pico de ochenta centavos alarga uno cuatro pesetas, y él las rechaza diciendo con aspereza:

—Moneda fuerte.

El comprador alarga un fuerte, escandalizado; Monsieur de Gacharná devuelve una peseta, guarda su plata, vuelve la espalda, sin despedirse y se dirige a su escritorio. El comprador repasa sus seis camisas de finísimo algodón ordinario, que le costaron $ 28.80 moneda fuerte y se sale más contento que si hubiese comprado a su cordial paisano seis camisas de ordinario lino fino, que le hubiesen costado $ 14.40 en pesetas.

Monsieur de Gacharná es el hombre que más vende en toda la calle real.

A las cinco de la tarde en que los mortales nos dirigimos a pasear los pies por el camellón y los ojos por el campo, Monsieur de Gacharná cierra su vasto almacén y se va solo y todo morno a pasearse de prisa en el altozano, porque a los inmortales se les enfrían mucho los pies. Allí camina solo y de prisa hasta las seis de la noche, en que es hora de comer, y se va a su casa a comer papas asadas en el horno, que ese no es alimento vulgar como las papas cocidas que comemos los hijos de los hombres. A veces se le junta en el altozano algún valiente que no le tiene miedo a su grave aspecto y se toma la libertad de conversarle. E1 otro, que es un joven talentoso, y espiritual hablador, despilfarra su rica imaginación; y Monsieur de Gacharná contesta de vez en cuando ¡Oh! - ¡Si! ¡Bah! - ¡Yes! - ¡Pues! ¡Of-Not!

Hé aquí cómo Monsieur de Gacharná ha adquirido la fama de hombre profundo en economía política.

Viéndolo tan inofensivamente bestia, un cónsul de Noruega lo propuso para sucesor suyo cuando tuvo que regresar a Europa; y el gobierno de Noruega, teniendo informe de que era tan bestialmente inofensivo, le acreditó cónsul noruego en esta ciudad. Monsieur de Gacharná contestó aceptando el destino, renunciando el sueldo que pudiera tener, pidiendo su carta de naturaleza en Noruega y ofreciendo comprar un título, si tenían a bien dárselo. E1 gobierno de Noruega le contestó remitiéndole un título de marqués y la condecoración del Aguila Coja, que consiste en una cinta negra con puntadas de seda azul. E1 gozo de Monsieur de Gacharná al saber que ya no era colombiano, fue limitado, como su entendimiento, pero profundo como su gravedad. Hé ahí cómo Monsieur de Gacharná logró hacerse extranjero en su misma patria .

Tal era el hombre de quien decía una tía suya, cuando le vio recién llegado de Europa: "Miguel no ha crecido; pero ha enflacao".

Por lo que hace a la señora marquesa, pasaba su vida encerrada para no vulgarizarse. Gastaba las mañanas en estropear un piano de buen carácter y en alarmar a la vecindad cantando la casta diva. Leía francés y le hacía piedad ver procesiones u oír hablar español.

La estirpe originaria de Sutamerchán y aclimatada en Noruega no debía extinguirse. Nació un angelito bello como todos los niños, hijo de aquel par de cucarrones; y aunque nació robusto, se iba debilitando porque estaba encerrado todo el día en un cuarto interior, en los brazos de su bona, que era una india a quien aquella vida sedentaria había hechizado. La bona Claudia se aprovechó de aquel interregno de su suerte para desquitarse de sus madrugadas en el campo; dormía todo el día y descansaba toda la noche; pero como tenía mal dormir, único defecto de que se había acusado cuando se presentó de postulante; unas veces dormía sobre el niño y otras le quedaba de cabecera. Es decir, su defecto no era precisamente mal dormir sino buen dormir, y hasta en esto mintió la india, amén de otros defectos que ocultó, siendo uno de ellos la creencia que se había arraigado en su alma de que el hombre ha nacido para beber chicha y la mujer para acompañarlo.

Servía de compañero a la india y al niño un lebrel de casta, que dormía, sin exageración, tanto como la india. A la hora de comer se dirigía a la cocina con un trotecito zurdo; la cocinera le ponía mazamorra en un tiesto y él la despachaba en un santiamén. Si la mazamorra estaba caliente, le ladraba al tiesto mientras se enfriaba.

Todos estos pormenores y algunos otros más, los tenía yo de la Vigne, que era muy amigo de los marqueses; y algo había visto yo en las pocas visitas que tenía hechas en aquella casa sutanoruega.

Llegó por fin el 30 del mes entrante. A medio día me hice afeitar y peinar por Saunier, y a las ocho de la noche comencé a vestirme. Calcé botín de cabritilla: siete centímetros más angosto que la planta de mi pie, vestí pantalón negro de satín, camisa de holán batista, chaleco y corbata blancos y casaca negra abrochada de un botón. Eché violette en mi pañizuelo que no resistía incólume un estornudo; suspendí de un cordón de oro un French, parado por costumbre, y me calcé unos guantes tan blancos, que delante de ellos se hacía negro el marfil y morenita la nieve. Me abstuve de refrescar, puesto que iba a tomar té y en familia nada menos, que así debía tocarme gran cantidad. Eran las diez de la noche y me dirigí a la casa de señores los marqueses, sita en el boulevar del Cuartillo de Queso, abajo del malecón de la Carnicería. El zaguán estaba de par en par, y entré hasta la galería de cristales, en donde encontré un ujier que recibió mi carta. Penetré al salón e hice tres saludos: uno en la puerta, otro en la mitad del camino y el tercero al tomar asiento. Había diez o doce convidados; pero los demás no acabaron de entrar hasta las doce de la noche. Estuvimos dos horas en una tertulia deliciosa; nadie hablaba. Los hombres estábamos en medio taburete esterilla, el cuerpo echado hacia adelante y el sombrero sobre las rodillas, todo a la última moda. Las señoras y señoritas conservaban igual postura, y habían dejado sus boas en la galería. Cada hora decía por turno una palabra algún convidado, y todos nos reíamos de prisa para volver a quedar en silencio. La palabra que se decía y que hacía reír era ésta u otra semejante: esta noche hace frío. Al cabo de una hora decía otro convidado: no ha llegado el paquete; y volvíamos a reírnos en tres notas: do, re y sol.

El traje de las señoras era muy notable. Gastaban camisón de larguísima cola, lo que, unido al peinado, les daba aspecto de un endriago. El peluquero francés había hecho aquel edificio sobre sus cabezas vacías. Con almohadas y colchones había abultado dos cachos que corrían por encima de la oreja, terminando en puntas muy adelante de la frente; y detrás había otro promontorio sin modelo conocido. Una vez que la dama está peinada, hacen caminar por encima de su peinado un gato, para que quede despelucada y tome la dandy un airecillo de mulata.

Esa noche cuando señora la marquesa concluyó su toilette, fue a dar un beso a su hijo, antes de venirse a la sala; y el marquesito al ver a mamá con aquellos cachos y aquella cola, se tapó la cara gritando: ¡el coco! ¡el coco!

A las doce se pusieron las mesas de juego: dos tomaron un ajedrez, cuatro un dominó, que es uno de los juegos más complicados que se conocen; y otros nos pusimos a jugar ecarté. Yo ignoraba ese juego; pero lo afronté con valor, porque Casimiro me advirtió en voz baja que era burro sin figuras.

A la una de la mañana entró un caballero vestido a la última moda, y con guantes blancos. Yo me levanté para saludarlo; pero todos los otros se quedaron quedos, y Casimiro me dijo en voz pianísima; ¡no seas bruto! —Yo le repliqué en pianísimo que no comprendía, y él me contestó en flautinísimo que era el criado que entraba a servir el té. Acabáramos, dije en do mayor. Todos volvieron a mirarme sorprendidos de aquella inconvenence y yo me ruboricé como una novicia. El caballero vestido de criado volvió a entrar trayendo la tetera de plata alemana, y los marqueses se levantaron gravemente a servir el té humeante. Un terrón de azúcar refinado, más blanco que mis guantes, estaba en el fondo de una taza más blanca que el azúcar; y sobre el terrón cayó un chorro de agua hirviendo y un poquillo de leche tan blanca como el azúcar o la taza. Yo apuré mi taza, y como el agua estaba caliente y yo en ayunas, comencé a sudar prodigiosamente, que bien lo necesitaba, y un suave calor me subió hasta el cerebro. Tenía un hambre tiránica, y dirigí la vista buscando a quién comerme. Los dueños de la casa estaban muy flacos, y me lancé sobre una bandeja que contenía bizcochuelos extranjeros marcados con el sello de la fábrica. Aunque sabían a enfermedad, me comí con disimulo catorce docenas, que vienen a ser tanto como un cuartillo de nuestros biscochuelos bogotanos. Al rebullir el té con la cuchara tuve la imprecaución de dejarla dentro de la taza, por lo cual el criado me la volvió a llenar en dácame estas pajas: tomé la segunda taza sin quitar la cuchara y el criado me la volvió a llenar mientras me limpié un ojo. No atreviéndome a rehusar; de miedo de que me desafiaran, me tomé la tercera taza; pero comprendiendo que en la cuchara estaba el misterio de aquella insistencia, la separé de la taza y para que no quedara duda, la puse debajo del plato. El criado cesó entonces en su furor, y yo me quedé inmoble, lleno de líquido y de bizcochuelitos que sabían a alcoba de enfermo; todavía hambre y sin embargo lleno; con gana de arrojar todo lo que me sobraba, y sin embargo con gana de comer todo lo que faltaba. Tormento superior al tonel de la fábula. En seguida nos sirvieron astillas de helados y cucuruchos llenos de llorones y uchuvas verdes.

Monsieur de Gacharná nos sirvió en copas chatas licor de oro. Este licor es un aguardiente de Europa, blanco, blanquísimo, en el cual nadan unas partículas de oro que producen muy bello efecto a la vista y ninguna diferencia en el sabor. Como el licorcillo aquel es sabrosito, y yo estaba en ayunas y sudando, me achispé como un quídam, y ejecuté mil impertinencias que fueron miradas con bondad hasta por el señor duque de la Peniere, correo de gabinete de su majestad. El alemán había cantado ya al piano; los hombres se habían separado en corrillos a conversar con alguna animación; y yo recordando mis tiempos de la taza de café, le cantaba a una niña de mi conocimiento este verso:

Hermosa, ven, y sudaremos juntos. . . !

De repente me quedé sin auditorio, porque un pepito vino a sacar a la señorita para un strauss que ejecutoriaba en ese momento el diletanti alemán. El espectáculo que pasó entonces por mis ojos era sumamente animado y campesino: seis pepitos y tres extranjeros corcoveaban un strauss, de tal manera, que yo, de acuerdo con un autor ilustre que se oculta bajo el velo del anónimo, calculaba que ellos solos podrían trillar veinte cargas de trigo en un día. Cuando los bailarines acabaron de echar parva, se bailó un muy indecente baile, cuyo nombre ignoro y que consiste en bailar extremadamente abrazados, con otras circunstancias deplorables.

Hice algunas consideraciones científicas, entre las cuales merecen lugar especial las siguientes:

Todas las mujeres hablaban de la guerra de Austria y de la política de Napoleón como de una cosa familiar.

Todos los hombres hablaban de las modas de París para mujeres, como de una ciencia conocida.

Cada tres palabras, se atravesaba algún equívoco insoportablemente libre, y las mujeres se reían de él acaso más que los hombres.

Las noticias de la Colombí, como ellos llamaban a la patria, las tenían de buena tinta, de los periódicos franceses que allí se leyeron.

A cada cuatro palabras en mal español, se decían tres en mal francés.

No había ni una sola mamá ni un solo papá, si se exceptúan los pepitos bailarines. Las señoritas habían ido solas con sus hermanitos pepitos. Una señora casada había ido con un general de la Colombí, muy amigo suyo y poco amigo de su marido.

Las despedidas no eran aquellas largas pero divertidas escenas que "El Duende" ridiculizó con mucha gracia. En lugar de aquellos cordiales abrazos de antaño, había sólo reverencias. La despedida se limitaba a un Bonne nuit, madame Bonne nuit, monsieur - Bonímadam - Bonímosie.

Salimos a las cuatro horas menos un cuarto de la mañana, según dijo Monsieur de Gacharná viendo su muestra. Soplaba un remusguillo del Boquerón, de lo más sutil que ha podido inventarse, y como yo estaba en cuerpo, con camisa de holán batista, y las libaciones con té me habían hecho derretir en sudor, atrapé una pulmonía que fue considerada por los médicos como una obra maestra en su género: llegaron hasta desear que no me salvara para ver cómo estaban mis pulmones. Sin embargo, a despecho de la ciencia atravesé aquella crisis con felicidad y me he alegrado de no haber fallecido, por varias razones: una de ellas, porque así me libro de que me entierren al son de la Bell alma inamorata, en lugar del Miserere mei, Deus, que es lo que conviene a un difunto que no va a bailar ni a leer un libreto muy romántico. Otra de las razones es porque tengo curiosidad de llegar a la cuarta época de Bogotá, para ver a qué se convida entonces.

En 1813, se convidaba a tomar una taza de chocolate, en taza de plata. y había baile, alegría, elegancia y decoro.

En 1848, se convidaba a tomar una taza de café, en taza de loza, y había bochinche, juventud, cordialidad y decoro.

En 1866, se convida a tomar una taza de té en familia, y hay silencio, equívocos, indecentes, bailes de parva, ninguna alegría y mucho tono.

Espero que así como en 1866 se me ha convidado a tomar el té en familia, en 1880 se convidará a tomar quinina entre amigos. Están de moda los sudoríficos y antiespasmódicos; ¿por qué no les ha de llegar su sanmartín a los febrífugos y antihepáticos?